KiWi Paperback

KiWi 577

Über das Buch:
Ein Gast betritt das seltsame Grand Hotel Karodamsky, und angesichts der Figurengruppe, die den Besucher starr zu mustern scheint, kommt ihm eine jähe Einsicht in den Charakter Gottes …

Und dann gibt es noch das »Weiße Hotel«, ein Rausch an Weiß, verletzlich wie alles Vollkommene, in dem, unbeeinträchtigt von den gehörnten Höllenhunden, plötzlich das weiße Wunder erscheint! Man erfährt mehr über das traurige Schicksal des Hoteliers, über Erzabt Hildigrim und über den Problemreservator Schlindwein. Und wie in einem Labyrinth von Bild zu Bild, von Geschichte zu Geschichte eilend, bemerkt der Leser, wie alles miteinander zusammenhängt, aber findet, wie in einem finsteren, nicht enden wollenden Traum, nicht mehr den Ausweg.

Inspiriert von Fabius v. Gugels surrealistischen, um den Horror und das Unheimliche, aber auch deren Komik kreisenden Zeichnungen, errichten die Geschichten Herbert Rosendorfers, skurril und kauzig, eine nächtliche Traumlandschaft des meist auch spaßigen Irrsinns.

Der Maler:
Fabius von Gugel, 1910 in Worms geboren, Zeichner, Bühnenausstatter (Oper Rom, Fellini), Porzellangestalter, Maler (Palazzo Cicogna, Venedig) und Dichter (Lob der Verzweiflung). Weltausstellung 1958 in Brüssel Grand Prix, Vitrine für Phillip Rosenthal. Gestaltung der Ausstellung »Fragen an die deutsche Geschichte« im Berliner Reichstagsgebäude 1971. Sein Hauptwerk ist das »Aschen-Brödel« von 1946–1948, eine Text-Bild-Phantasie zu dem bekannten Märchen der Brüder Grimm, in der Zeichnung und Dichtung einander wechselseitig ergänzen. Fabius von Gugel lebt in München und in Rom.

Der Autor:
Herbert Rosendorfer, 1934 in Bozen geboren, 1939 nach München umgezogen, studierte an der Akademie der Bildenden Künste, wechselte danach zum Jurastudium. Seit 1969 zahlreiche Romane und Erzählungen sowie Theaterstücke. Professor für Bayrische Literaturgeschichte an der Universität München. Nachdem er seine Tätigkeit als Richter am Oberlandesgericht in Naumburg beendet hat, lebt er wieder in der Nähe von Bozen.
Zuletzt erschienen von Herbert Rosendorfer bei K & W: »Die große Umwendung«, 1997. »Ungeplante Abgänge«, KiWi 476. »Die Schönschreibübungen des Gilbert Hasdrubal Koch«, 1999. »Der China-Schmitt«, KiWi 517. »Absterbende Gemütlichkeit«, KiWi 556.

Herbert Rosendorfer

Fabius von Gugel

Die Erscheinung im Weißen Hotel

Unheimliche Geschichten zu unheimlichen Bildern

Kiepenheuer & Witsch

1. Auflage 2000

Umschlaggestaltung: Philipp Starke, Hamburg
Umschlagmotiv: Fabius von Gugel
Gesetzt aus der Bookman Old Style
Satz: Greiner & Reichel, Köln
Druck und Bindearbeiten: Clausen & Bosse, Leck
ISBN 3-462-02913-4

I

Ein einziges Mal war ich Gast im Grand Hotel Karodamsky. Ob ich dort jemals wieder absteigen werde, erscheint mir fraglich.

Die Halle war hell erleuchtet, aber leer, die Portiersloge unbesetzt. Ich stellte meinen Koffer ab und wartete einige Minuten. Kein Portier ließ sich blicken. Es war still in der Halle, nur weiter hinten (oder oben?) waren leise Schritte und das Klappern von Besteck zu hören. Nach den erwähnten Minuten wurde ich ungeduldig und drückte auf den Knopf der auf ein poliertes Holzstück montierten Klingel. Der Ton war so dumpf, als sei die Glocke innen mit Samt ausgelegt. Ich schlug fester auf den Knopf. Der Ton wurde nicht heller, es kam, ich wunderte mich nicht, niemand. Ich schrie: »Halloh!«, erst verhalten, dann ungezügelt. Ich schrie und nahm die – wie sich herausstellte – unbefestigte Klingel samt Holzstück in die Hand und schlug damit auf das Pult. Es kam niemand. Ich machte mich

GRAND HOTEL KRASNOPOLSKY

auf die Suche, nahm den Koffer mit, obgleich er schwer war: wer weiß, dachte ich, ob man in so einem merkwürdigen Hotel sein Gepäck unbewacht stehen lassen darf.

Ich ging durch Gänge, ich versuchte, dem Geräusch der Schritte und des Besteckklapperns nachzugehen, aber es gelang mir nicht. Es entfernte sich stetig, äffend, bald war es hinter mir, bald schien es aus dem Keller zu kommen.

Alle Türen waren grün, nur eine war rot. Ich öffnete diese – ohne anzuklopfen – man verdient, dachte ich, solche Höflichkeit in diesem Hotel nicht, und ich stand vor einer lebensgroßen Statuengruppe. Nein: Wachsfiguren. Abermals nein: Menschen. Drei Damen und ein Herr. Große, unsichtbare Ameisen (oder auch Käfer – kleine Vögel?) krochen herum, ihr Rascheln oder Knistern oder wie man sagen soll war der einzige Laut im Raum. Es waren keine unsichtbaren Ameisen und keine Käfer und keine Vögel, es war das Knistern und Rascheln der schwarzseidenen Kleider der Damen. Die Kleider knisterten und raschelten, obwohl sich die Damen nicht bewegten: wohl ein ungewolltes, stetes Knistern und Rascheln der Seide – hervorgerufen von der Erdumdrehung?

Der Raum war ein reichgeschmückter Saal. Über Geschmack läßt sich streiten. Als die rote Tür hinter mir ins Schloß fiel, war das ohnedies ferne Geräusch der Schritte und des Besteckklapperns nicht mehr zu hören. Die nackte Karyatide schien das lebendigste Wesen im Saal. Selbst der Mops zu Füßen der einen Dame schien ausgestopft. (Angenehm – ich ziehe ausgestopfte Hunde lebendigen vor.) Aber da hob die – von mir aus gesehen – linke der Damen die linke Hand und sagte ... ich muß einfügen: alle schauten, um nicht zu sagen blickten starr, mit weit aufgerissenen Augen, es war die ganze Zeit über kein Wimpernschlag wahrzunehmen, blickten auf mich, befremdet (ängstlich?).

... sagte also die linke Dame: »Herr Gerriet Karodamsky, der Gründer des Hotels, hat Ihnen eine Mitteilung zu machen.«

»Es heißt«, sagte Herr Karodamsky und legte die rechte Hand zu einer, wenn man so sagen kann, milden Faust geballt auf den Tisch vor ihm, »der Herr habe den Menschen nach Seinem Bilde geschaffen. Das läßt leider keine guten Rückschlüsse auf Seinen Charakter zu.«

II

»Ich bete – aber zu wem? Wie lang habe ich mich in das schwarze Buch vertieft, habe mir die Augen aus dem Kopf geschaut, aber ich habe nicht erfahren, zu wem ich beten muß. Zur Puppe mit dem Puppenkind dort auf dem Schrank? Ich kann es aus dem schwarzen Buch nicht erkennen. Freilich: ich kann nicht lesen. Vielleicht liegt es daran. Wer lesen könnte! Ich sollte lesen lernen, aber es ist zu spät. Ich merke, daß es zu spät ist.

»Ich bete. Ich bete, sooft es geht, wiederhole allerdings nur die Wörter. ›Ich bete, ich bete‹, ein anderes Gebet habe ich nicht gelernt. Sobald und sooft die Herrschaft aus dem Haus ist, bete ich. Ich bete, statt daß ich, was meine Pflicht wäre, wasche, putze, aufräume, bügle, kehre ... und wenn die Herrschaft zurückkommt, liegt naturgemäß der Dreck immer noch da und die Wäsche ungebügelt. Aber wie soll ich der Herrschaft erklären, daß ich beten muß?

»Obwohl es nichts hilft. Ich bin verflucht ohne meine Schuld. Wissen Sie, wer mein Vater war? Wir wohnten in einer Hütte am Moor. Die schwarze, feuchte Erde drang unweigerlich in die Hütte und überzog alles. Alles war immer mit Moor überkrustet, zumal mein Vater vom Torfstechen lebte. Er war der moorigste von allen, ein Mohr – nein, kein Mohr, ein Moormensch, kaum daß jemand sein wahres Aussehen erkennen konnte. Vielleicht hatte er gar kein Aussehen. Vielleicht wäre er gar nicht mehr da gewesen, wenn er sich gewaschen hätte. Er hat sich aus Vorsicht nicht gewaschen. Auch meine Mutter hat sich nicht gewaschen. ›Es ist zwecklos‹, hat sie gesagt.

»Wo sollte ich unter solchen Umständen lesen lernen, noch dazu, wo ich ... ich weiß nicht, ob ich das sagen soll. Ich bin ohne meine Schuld verflucht. In die Schule durfte ich nicht, weil ich das Moorige hinter mir hergezogen hätte bis ins Schulhaus –

»Ich sage es doch: ich bin ohne meine Schuld verflucht. Vielleicht steht in dem schwarzen Buch die Erlösung, aber ich kann es nicht lesen. Um lesen zu lernen, ist es zu spät, wie Sie sehen. Ohne meine Schuld –

»Wer will auch schon immer und ewig und ohne Hoffnung im Moor leben. Da kam meine Mutter auf den Gedanken, aus Kürbissen – das einzige, was ums Haus herum wuchs – Gold zu machen. Es gelang nicht. Da …

»Soll ich es sagen? Ich sage es. Ich war zwei Jahre alt damals. Da hat sie meine Seele verkauft. An *ihn.* Sie wissen schon. Nicht *ihre* Seele hat sie verkauft oder die meines Vaters, nein, *meine* hat sie verkauft. Sie kauft sie zurück, hat sie mir immer gesagt, wie ich größer geworden bin, nicht heute, aber bald. Immer: bald, bald, jetzt dann … sobald es gelungen ist, aus den Kürbissen Gold zu machen. Es ist nie gelungen. *Er* hat meine Mutter natürlich betrogen, und bevor meine Mutter meine Seele zurückkaufen konnte, ist sie gestorben. Mein Vater hat sich vor Schmerz betrunken und ist ins Moor gefallen.

»Ich habe Angst. Zu wem soll ich beten? Wer hat die Macht, mir die Angst zu nehmen? Es ist entsetzlich. Ich sehe schon hinunter in den Trichter. Schwarz – der Wind – viele Zähne – ich habe A …«

III

Ich vermute, daß es ein Traum ist, dennoch fürchte ich mich vor dem Aufwachen. Es ist kalt, aber heiß. Es ziehen Schwaden, Brocken, Blöcke von Kälte durch die Hitze. Nein: umgekehrt. Blöcke, Brocken, Schwaden, Schlieren von Hitze durch die Kälte. Es ist eigentlich keine Hitze, es ist so etwas wie Luftschleim von Brutwärme; wäre sie nicht unsichtbar, wäre sie hellrot – bräunlich.

Ich muß von vorne anfangen. Die Sache handelt in Brabant. Ich wollte schon immer gern einmal nach Brabant. Aus Erzählungen fernerer Verwandter wußte ich, daß es in Brabant schön ist, sogar sehr schön. Der eine oder andere besagter Verwandter verstieg sich sogar zu der Behauptung, nirgendwo auf der Welt sei es so schön wie in Brabant. Der jahrhundertelange Reichtum der dortigen Städte habe sich in goldener Sauberkeit niedergeschlagen. Wunderbare Kathedralen aus Backsteinen mit einer Fülle von Maßwerk und Pfeilern, Girlanden aus Stein geziert, üppig aber geschmackvoll, herrlich vor dem blauleinenen Himmel sich erhebend die Türme mit goldenen Dächern, verwinkelt die Gassen, unversehens überquere man ruhig fließende Kanäle auf Brücken mit feinsten Statuen geschmückt, sowohl Heiligen als auch heidnischen Götzen und namentlich Götzinnen in freiester Nacktheit. Das ist Brabant. Unbekümmert und großartig, in seiner eigenen Asymmetrie ruhend – die Kathedrale der Stadt ... ich habe den Namen der Stadt vergessen, der eine der entfernten Verwandten hat sie genannt, aber undeutlich, er hat nur noch wenig Zähne ... diese Kathedrale, eine Kathedrale ohne Wände, aber mit allen Säulen und Pfeilern, eine Kathedrale, durch die die Sonne hindurchscheine, sei so schön, daß regelmäßig Besucher (selbst abgebrühte Kunsthistoriker) in Tränen ausbrächen, wenn sie vor ihr stünden.

Ist es ein Wunder, daß mein innigster Wunsch es seit früher Jugend war, Brabant zu besuchen?

Im Zug sagte mir Herr Diemuld – ich lernte ihn im Zug kennen, daß er Diemuld heiße, sagte er mir erst, als wir ausstiegen; ich stieg um in den Zug nach Brabant, er nahm den Zug nach Amsterdam, war dort Chefportier im Grand Hotel Karodamsky –, sagte mir also Herr Diemuld: »Die Zustände in Brabant haben sich grundlegend verändert.«

»Aber die Kathedralen werden doch noch stehen?«

»Wer weiß«, sagte er, »zumal in letzter Zeit Bücher aufgetaucht sind, in denen die erschrekkendsten Dinge stehen. Es bleibt nicht so viel Zeit«, sagte er, »daß ich Ihnen davon berichte, dort drüben steht schon mein Zug nach Amsterdam. Aber hier –«, er gab mir eine Geschäftskarte, kritzelte rasch einige Wörter in einer mir nicht geläufigen Sprache auf, » – das ist die Adresse eines der Buchhändler, der Ihnen ein solches Buch verkauft, wenn Sie ihm diese Karte zeigen.«

*

Ich habe, wie gesagt, viel über Brabant gehört, aber offenbar hat man vergessen, mir vom dortigen Wetter zu berichten. Solang ich dort war, befleißigten sich die Witterungsnaturerscheinungen, in drei Farben zu spielen: schwarz, schwefelgelb und gelegentlich etwas Bleigrau dazwischen. Die hochragenden und so hoch gepriesenen Städte mit ihren hochberühmten Kathedralen wirkten in diesem Licht wie eine Ansammlung übergroßer Grabsteine.

Ich fürchtete mich förmlich vor dem Wind, der einen verfolgte wie stachelige, bissige Riesentiere, selbst in dem Laden des Buchhändlers, dessen Geschäftskarte mir Herr Diemuld gegeben hatte. Der Buchhändler war sehr unfreundlich. Er war, hatte ich das Gefühl, von meinem Besuch nicht erbaut, und die Aussicht, vielleicht ein Buch zu verkaufen, munterte ihn mitnichten auf.

Ich kaufte dennoch ein Buch. Es hieß: »Der Dermiurg«. Ich las danach in einem kalten zugigen Café den Klappentext. Dort stand, daß der Autor von der bislang unbezweifelten Feststellung ausgehe, Gott habe den Menschen nach Seinem Bilde geschaffen. In Anbetracht dessen, was der Mensch und insbesondere dessen Charakter für ein Bild biete, ließe sich, so die Theorie des Autors, für Gottes Charakter nur das Schlimmste befürchten. Vielleicht warte er zähnebleckend nur darauf, bis wir in den Trichter des Todes fallen.

Entsetzlich. Ich bereute, das Buch gekauft zu haben. Es hieß da zwar noch im Klappentext, der Autor biete zuletzt doch eine Lösung an, aber ich werde das Buch nicht lesen.

*

Die Türen klappern. Ständig zieht es in Brabant.

SPRENGUNG

IV

Die dickere und wohl auch gutmütigere der beiden hieß Melanie Quadfassel und war schwerhörig. Die dürre hieß Rosa Baronin von Antengrün gen. Ganzauge und war auch schwerhörig, gab es aber nicht zu. Ob die beiden miteinander verwandt waren und wenn ja, wie, konnte nicht mehr festgestellt werden. Eher wahrscheinlich ist, daß die Quadfassel vor Jahrzehnten als Gesellschafterin und Vorleserin (damals hatte man noch so was) in den Dienst der Baronin getreten war und daß sich das Dienstverhältnis im Lauf der Zeit bis zur Unkenntlichkeit abgeschliffen hatte, sodaß die beiden Alten nun wie ungleiche Schwestern, zumindest Cousinen wirkten.

Sie befaßten sich mit Philosophie. Das heißt: sie lasen, oder eigentlich: die Quadfassel las, und die von Antengrün gen. Ganzauge hörte zu. Es müsse doch, meinte die von Antengrün gen. Ganzauge, der Sinn der Welt und des Lebens zu ergründen sein, wenn man alle philosophischen Werke läse. Also las man. (Geld genug war da. Der Baronin Großvater hatte der Stadt die Baugründe für den Hauptbahnhof auf Leibrente für sich, Kinder und Kindeskinder verkauft.) Sie lasen zunächst chronologisch: von den Vorsokratikern, bis André Glucksmann; dann geographisch gegliedert: die Griechen, die Inder, die Franzosen usw.; dann nach dem Alphabet: von Aristoteles bis Wittgenstein – hier war die Beziehung zwischen den beiden Damen schon so weit verfestigt oder verwischt, daß von Vorleserin und Zuhörerin nicht mehr die Rede sein konnte, daher lasen beide unabhängig voneinander, allerdings stets beisammen sitzend, die eine (die Baronin) begann von vorn im Alphabet, die Quadfassel von hinten. Nach gelesenem Buch teilten sie sich gegenseitig die Quintessenzen mit.

Der Sinn des Lebens und der Welt erschloß sich ihnen nicht. Noch einmal versuchten es die beiden Damen: nach Farben: erst die blau eingebundenen Werke, dann die roten, dann die gelben ...

*

Es war ein lauer, nicht zu heißer Sommernachmittag. Die beiden Alten saßen im Garten, hatten ihre Pantoffeln ausgezogen und spielten mit ihren (im Falle der Quadfassel wulstigengerlingartigen, im Falle der von Antengrün gen. Ganzauge knochig-krummen) Altweiber-Zehen im Gras. Es hatte sich so viel philosophischer Schrott in den Hirnen der Alten angesammelt, daß sich eine Aura bildete, die sich aus unbekannten Gründen entzündete, sodaß das Haus der Baronin und einige anliegende Häuser in die Luft flogen. Eine Abortschüssel schwebte für kurze Zeit in einer goldenen Wolke wie eine Erscheinung.

V

– und nach sage und schreibe vierundvierzig Jahren habe ich das »Weiße Hotel« gefunden.

Es heißt »Weißes Hotel« und ist ein weißes Hotel. Es ist nicht so, daß ich die vergangenen vierundvierzig Jahre meines Lebens ausschließlich mit der Suche nach einem, nach *dem* weißen Hotel, dem »Weißen Hotel« verbracht hätte (wovon hätte ich dann leben sollen? Gibt es irgendeine Stelle, Institution, die ein vierundvierzig Jahre überbrückendes Stipendium gewährt, damit einer ein weißes Hotel sucht? Die Stelle oder Institution gibt es nicht), aber ich habe ... ich will nicht übertreiben, ich habe nicht *jeden* Tag an das »Weiße Hotel« gedacht, aber zwei Tage hintereinander sind nicht vergangen ohne einen Gedanken daran.

Die Natur wird nicht vergewaltigt: die Bäume und Gräser und Büsche im Park sind grün, aber es gibt nur weiße Blumen; das Wasser des Teichs ist blau oder grau oder grünblau, je nachdem, wie Wasser eben ist zu seiner Tageszeit, aber die leichten Holzbrücken darüber sind weiß, und auch die Boote sind weiß, in denen die Gäste, wenn sie es wünschen, ein wenig umhergerudert werden, von weißgekleideten Grooms. Früher, so hieß es, wurde selbst die Kohle, bevor sie verfeuert wurde, von den Hilfsheizern weiß angestrichen. Daß vom Geschirr bis zu den Teppichen, von der Bett- und Tischwäsche bis zu den Vorhängen, die Telephone, die Möbel, die Kleidung des Personals alles weiß war, versteht sich von selbst. Schwer zu lesen war die weiß auf weiß gedruckte Speisenkarte. Den Gästen Vorschriften zu machen, welche Kleidung sie tragen oder nicht tragen dürfen, geht natürlich nicht an, aber das Weiß, dieser Rausch von Weiß in dem »Weißen Hotel« war so überwältigend, daß kaum einer oder eine es wagte, anders als in Weiß zu erscheinen; selten, daß einer, sei es aus Witz oder Nachlässigkeit oder aus mißverstandenem Wunsch nach Originalität, zum weißen Anzug eine farbige Krawatte trug. Er wurde fast gemieden, nicht viel hätte gefehlt, und man hätte mit Fingern auf ihn gewiesen.

Freilich ist nichts so verletzlich wie das Vollkommene. Das wissen auch die gehörnten Höllenhunde. Sie schillern in allen Farben wie Chamäleons, am liebsten aber sind sie braun. In letzter Zeit, seit es einen Chef gibt, der der Sache offenbar nicht ganz gewachsen ist, zeigen sich die Höllenhunde in Form einer Art Regenbogens in abgrundscheußlichen Abstufungen der Farbe Braun. Namentlich in der Abenddämmerung fällt solches vor, wie man sich denken kann.

Eben diese Abenddämmerung wollte ich am Tag meiner Ankunft genießen, die Stunde, in der das Weiß der weißen Rosen, das Weiß der Chrysanthemen besonders leuchtend aus dem Grün der Blätter strahlt – man hat mich schon gewarnt: die Höllenhunde seien drauf und dran, das ganze Hotel zu überwölben, das Weiß zu ersticken ...

Tatsächlich: sie erschienen über dem See. Das Braun war nicht mehr nur braun, es war gleichzeitig grau und ein wenig senfgelb, müllsackfarben, blutwurstfarben, unnennbar abstoßend.

Aber es geschehen Wunder, selbst in meiner Gegenwart. Die Höllenhunde schmolzen aneinander und gifteten sich, daß ihnen die Augen herausquollen –

– es kam, in einem Weiß, das das Weiß aller weißen Welten vereinigte, das weiße Wunder herangeschwommen – das weiße Wunder, die weiße Unbeschreiblichkeit ...

VI

– und dann erzähle ich Ihnen, wie Karodamsky, der Hotelier, an den Bettelstab kam.

Da gab es in Frankreich das uralte Geschlecht der Herren von Clermont-en-Beauvaisis, aus dem der unglückliche Sire Gui de Clarus Mons hervorging, den man »Gui qui non dormit« nannte, »Guido, der nie schläft«. Er starb 1119 im Gefängnis zu Rouen. Warum er gefangen war? Weil er nie schlief? Oder schlief er nie, weil er – unschuldig? – gefangen war? Er selber hatte keine Nachkommen, aber auch seine Neffen und Nichten und alle folgenden Generationen bis herauf zur Comtesse Alips de Weuron, von der noch zu reden sein wird, fanden oft keinen Schlaf, wenn sie die Frage ergründen wollten, warum Sire Gui qui non dormit gefangen war. Je länger die Ereignisse dann zurücklagen, desto mehr verblaßten die Erinnerungen (auch die Dokumente), und desto schwieriger wurde es, wie sich denken läßt, hinter die Lösung des Rätsels zu kommen, und desto öfter wälzten sich die fernen Nachfahren schlaflos im Bett in den Zimmern ihres hochgetürmten Schlosses, das bezeichnenderweise »Sanssommeil« hieß.

Nach dem Aussterben der Herren, später Grafen von Clermont-en-Beauvaisis, kam die Grafschaft an die Krone Frankreichs, das Schloß Sanssommeil aber vererbte sich über die Gräfin Mahaut an die Herren von Nierzon und, nach deren Aussterben, an die Grafen von Weuron, deren letztes Glied die eben erwähnte Alips de Weuron war, so häßlich geworden wie die grotesken Wasserspeier an den Dächern und Türmen ihres Schlosses, wenn nicht noch häßlicher.

Sie scheute sich nicht, jedes Jahr für drei, vier Wochen nach Amsterdam zu reisen und im Grand Hotel Karodamsky aufgrund ihres Aussehens die Gäste zu erschrecken. Ein Gast schrieb einmal ins Gästebuch (kann auch sein ins Beschwerdebuch), die alte Gräfin sehe aus wie ein vertrockneter Monsignore, der als einäugiger Uhu auf den Faschingsball geht. Aber Herr Hotelier Karodamsky, dessen Frau weitläufig mit den de Weuron verwandt war, konnte nicht umhin, die Gräfin zu beherbergen, sooft diese es wollte, obwohl sie immer um den Preis feilschte.

Als das Schloß verkauft werden sollte, bat die Gräfin den Hotelier Karodamsky um einen Gefallen. »Um einen besseren Preis zu erzielen«, sagte die Gräfin, »werde ich es privat versteigern lassen. Schließlich ist es ein Kleinod, ein türmereiches Zeugnis aus der malvenblauen Vergangenheit des alten Frankreich. Eine steingewordene Illustration aus den ›Très riches Heures‹.« Ein amerikanischer Nahrungsmittelkonzern, der eigentlich Neuschwanstein kaufen wollte, interessierte sich für Sanssommeil. »Gehen Sie hin«, sagte die Gräfin zu Herrn Karodamsky, »und bieten Sie mit. Treiben Sie den Preis immer höher. Ich weiß, die amerikanischen Bohnenhändler wollen es unbedingt haben. Bieten Sie mit, bis ich Ihnen ein Zeichen gebe.«

Es kam, wie es kommen mußte. Der Gräfin Zeichen kam zu spät. Karodamskys Gebot blieb das letzte, die Amerikaner zogen sich zurück, Karodamsky bekam den Zuschlag.

Nachdem er alles verkauft hatte, zum Teil, weil es ja schnell geschehen mußte, weit unter Wert, das Hotel, sein Privathaus, das Inventar, seine Sammlung persischer Teppiche, seine Armbanduhr, zuletzt seinen goldorangefarbenen Kanarienvogel nebst Vogelbauer, blieb ihm soviel, daß er die Hälfte des Betrages aufbringen konnte, der dem Zuschlag entsprach, den er selber aus Gutmütigkeit hochgetrieben hatte.

»Dann kriegt er auch nur die Hälfte des Schlosses«, krächzte die Gräfin von Weuron. Eine gigantische Staubwolke erhob sich, als Karodamsky in einem klapprigen alten Auto (dafür hatte sich kein Käufer gefunden) den Hügel hinauffuhr, und wie mit einem Messer zerteilt, stand, schamlos das verrottete Innere zeigend, nur noch die Hälfte des Schlosses da. Das letzte, was man von Karodamsky sah, war, daß er auf einem der unteren Dächer des Schlosses saß und – wahrscheinlich hinfort schlaflos – sein Schicksal beklagte. Karodamsky qui non dormit.

VII

Schon in seiner Jugend sah Hildigrim aus wie eine alte Frau. Später sah er aus wie eine alte Frau, die wie ein alter Mann aussieht. (Dies ist ein Zitat. Hugo von Hofmannsthal hat so Stefan George umrissen.) Hildigrim hieß mit Taufnamen Heinz, den Namen Hildigrim bekam er, als er Mönch wurde. Bald wurde er Abt, sogar Erzabt. Der Schlag traf ihn früh, und er stand im Geruch der Heiligkeit. Das linke Auge klaffte nur noch einen Spalt, gesäuselt hat er schon vorher. Seine Eltern pflegten zu sagen: »Wir haben zwei Töchter, eine ist in Würzburg verheiratet, die andere ist Erzabt in Polykarpszell.«

Hildigrim war Asket der alten Schule. Er aß kein Fleisch, nicht einmal Fisch, von anderen Dingen nur Verdorbenes. Wenn er sich einmal gönnte, Butter aufs Brot (nur Schwarzbrot!) zu streichen, dann ranzige. Gern aß er wilden Honig und geröstete Heuschrecken, welche aber schwer zu bekommen sind. Als eines Tages geröstete Heuschrecken auf den Speisenkarten eines Nobelrestaurants als Leckerbissen auftauchten, entsagte Hildigrim von da an dem Insekt. Er schlief nur im Stehen, das heißt: er versuchte es. Das geht schwer. Er fiel um. Dann versuchte er es, indem er sich eine, wie er meinte, zulässige Erleichterung gönnte und an eine Säule lehnte. Aber auch da fiel er um, kaum daß er eingeschlafen war. An die Wand gelehnt, fiel er zwar nicht um, rutschte aber zu Boden. So ließ er sich, was für ein glücklicher Einfall! von zwei Novizen schlafend aufrecht halten. Das war gleichzeitig eine asketische Übung für die Novizen, denn die durften naturgemäß keinesfalls einschlafen und umfallen. Durch die Askese der Novizen geriet Hildigrim in noch größeren Geruch der Heiligkeit.

Etwa von seinem siebzigsten Lebensjahr an begann Hildigrim den Hesychasmus zu praktizieren. Der Hesychasmus ist so eine Sache – der hl. Symeon der Neo Theologos hat ihn erfunden oder, besser gesagt, aus den Lehren des (nicht heiligen) Isaak von Ninive herausentwickelt, der wiederum die Lehren der Enkratiten zusammenfaßte, die sich in Apotaktiten, Hydroparastaten, Aquavier und Sakkophoren aufgespalten hatten. Die Apotaktiten, d. h. »die sich Enthaltenden«, enthielten sich von so gut wie allem, aßen nicht mehr, kauten nur noch Leder. Sie glaubten, ihr asketisches Ziel erreicht zu haben, wenn sie durchsichtig geworden waren. Die Aquavier und Hydroparastaten verwendeten sogar zur Eucharistie statt Wein Wasser, und die Sakkophoren (=Sackträger) vermieden ängstlich jede Bewunderung oder gar Verehrung durch andere (weniger) Fromme, weswegen sie stets einen Sack mit Mist und Dung mit sich schleppten, um Abscheu zu erregen, in der sie die höchste Askese sahen. Die Hesychasten endlich enthielten sich des Atmens. Das ist sehr schwer und, wie die ersten Hesychasten (im 4. Jhd.) sehr bald feststellten, auf Dauer unmöglich. Aber es gelang ihnen, den Atem lang und länger anzuhalten. Sie hielten sich gegenseitig die Gurgel zu (weshalb sie auch Caerulofacen, d.h. »die Blaugesichtigen« genannt wurden). Dabei ächzten sie das sog. Jesusgebet, eine siebensilbige Floskel, so oft wie möglich. Der Hesychast Asporos von Salamathia soll es im Jahr 416 zu über dreihundert Jesusgebeten bei angehaltenem Atem gebracht haben. Das letzte unvollendet; dann war er hinüber.

Den Hesychasmus also wollte Erzabt Hildigrim wiederbeleben. Wie gesagt, das ist so eine Sache, überhaupt ist es so eine Sache mit der Askese. Die Kirche, also die Amtskirche, die Curie, Papst und Bischöfe sehen das nicht gern. Warum? Aus schlechtem Gewissen, weil sie selber der Meinung sind, daß der Herr im Himmel Gänsestopfleber und Champagner nicht für die Heiden erschaffen hat? Wie sagte der hl. Alfons von Liquori? »Auch ein gespickter Hase ist ein Kind des Vaters –« Schon der hl. Ambrosius fand heraus, daß weder bei Mt 22,19 noch bei den parallelen Stellen Mk 12,16 und Lk 20,24 davon die Rede ist, daß Jesus den Denar, den ihm die Pharisäer gereicht hatten, zurückgab, ihn also behalten hatte. Dieser für die Kirche eminent wichtigen Erkenntnis verdankt der hl. Ambrosius seine Beförderung zum Kirchenlehrer.

Auch bei Hildigrims Oberen fand seine Neubelebung des Hesychasmus nur zögernde Zustimmung, milde gesagt, aber er stand schon so stark im Rufe der Heiligkeit, daß es die Kirche nicht wagte, ihn förmlich abzusetzen, wo sie ohnedies schon kaum noch mit Händen und Füßen sich der Freigeisterei, der Unkeuschheit, der Sittenlosigkeit, der Kirchenaustritte und der Empfängnisverhütung erwehren kann. Gewissen Kreisen der Curie kam deshalb die Verehrung, die Erzabt Hildigrim genoß, nicht ungelegen. Schon bildeten sich Brüderschaften (mit angehängten Schwesterschaften), die ersten Hymnen wurden auf Hildigrim gedichtet; wurde er photographiert, beeilten sich die Photographen, beim Entwickeln einen helleren Schimmer um den Kopf Hildigrims zu zaubern.

Hildigrim selber hatte keine Zweifel an seiner Heiligkeit. Seit früher Jugend hatte er Buch über seine Sünden geführt, das heißt, er hatte sich ein Buch angeschafft, in dem er seine Sünden zu notieren beabsichtigte, um sie nach Beichte mit roter Tinte durchzustreichen. Nachdem er – es war der 19. Juni, sein Namenstag – volle zwölf Minuten (für jeden Apostel eine) die Luft angehalten hatte, nahm er sein Sündenbuch und trat vor den Spiegel. Es war ein im wahrsten Sinn des Wortes wunderbarer Spiegel: in angenähertem Umriß eines menschlichen Oberkörpers. Schaute Hildigrim, der Erzabt, hinein, schaute ihm – ernst und gefaßt – sein jugendliches Spiegelbild: Heinz, wie er damals hieß, entgegen. Heute zeigte der alte Hildigrim dem jungen Heinz wieder, wie jedes Jahr, sein Sündenbuch. Es war, wie schon von Anfang an, leer.

Und diesmal erschien eine Hand aus einer Wolke und hielt die Tugendkrone über das Spiegelbild. »Warum nicht über mich?« raunzte der Erzabt, beruhigte sich aber sofort mit der Antwort: »*Noch* nicht – noch nicht –«

Er beging den Fehler, den Vorfall den beiden Novizen zu erzählen, die ihn beim Schlafen aufrecht hielten. Der eine Novize, ein gewisser Rudi aus Steingriff, plauderte es aus. Große Erregung ergriff die Verehrungsgemeinde des Hildigrim, man deutete die Erscheinung des Tugendkranzes als Anzeichen des baldigen Heimganges des Erzabtes, man befürchtete eine leibliche Himmelfahrt, so daß keinerlei Reliquien zurückbleiben würden, oder ob, falls doch nur eine seelische Himmelfahrt vonstatten gehen sollte, nicht sofort die Leiche, also Gesamt-Reliquie amtskirchlicherseits sequestriert werden würde oder zumindest die kostbareren Teile weggeschleppt …

Man beriet, und man kam zum Ergebnis, daß es nur einen Weg gab, die wertvolle künftige Reliquie und damit ihre zu erwartende Wunderkraft der Verehrergemeinde zu erhalten: den Heiligen rechtzeitig erschlagen, auskochen und die Knochen unverzüglich in Gold fassen und zur Veneration ausstellen, bevor die Hyänen aus Rom kommen.

Und so geschah es.

Heiliger Erzabt Hildigrim, ora pro nobis.

VIII

Erzabt Hildigrims geistliche Brautfahrt

Geistliche Bräute haben zwei Paar Brüste, drei Nasen und den Kopf verkehrt herum auf dem Hals. Sie heißen Suraêch, Tartaruchos oder Phôtama. Und Amsterdam wäre eine schöne Stadt, wenn nicht so viel Heiden und Lutherische darin wohnten, und nicht so viel Klistierspritzen herumlägen. Offenbar führen die Amsterdamianer, bekannt für ihren exzessiven Drogengenuß, das Rauschgift ihrem Körper mittels Klistieren zu. Ab und zu platscht einer ins Wasser. »Oh«, knurrt Erzabt Hildigrim, der längst im Ruf, um nicht sogar zu sagen, im Geruch der Heiligkeit steht, »wieder einer weniger.«

Amsterdam ist die Stadt des Grand Hotels Karodamsky sowie weiterer schöner Häuser, die allerdings fast alle von Heiden und Lutherischen bewohnt sind. »Oh«, knurrt Erzabt Hildigrim, »diese herrlichen Giebel! diese Säulen! diese steinernen Vasen, die in zierlichen Nischen an den Fassaden angebracht sind! diese Fensterfronten und Türmchen! diese Fülle phantastischer Formen! diese Springbrunnen! und alles von Heiden und Lutherischen bewohnt!« Eine schwarze Zornwolke entfährt Hildigrims Haupt und vernichtet wie eine Atombombe die ganzen weltlich-eitlen Bauwerke, zertritt, zerstört, zermalmt sie, wirft sie durcheinander wie Bauklötzchen –

– der Zigarrenhändler Conrad Martinus van Hajen fährt in seinem Nachen durch die Grachten. Wie alle Zigarrenhändler verfügt van Hajen über zwei viereckige Köpfe, die aber nur, da seitlich zusammengewachsen, miteinander zwei Ohren haben. Beide Köpfe lachen aus vollem Hals. Ein Wunder der Natur, daß zwei Köpfe mit nur einem Hals aus vollem diesem so lachen können, als hätten sie zwei Hälse. Aber mit dem Gehör hapert es, logisch, denn für zwei, noch dazu viereckige Köpfe bedürfte es vierer Ohren, um das Gehör sozusagen aufzufüllen. Sind aber nur zwei da, also hören die Köpfe (vielmehr: hört Mijnheer van Hajen) nur immer die Hälfte von allem, benutzt deshalb ein Hörrohr in Form einer Tabakspfeife. Es stammt aus dem Nachlaß Beethovens, ein Stück von unschätzbarem Wert. Leider taugt es, technisch gesehen, gar nichts. Die von Erzabt Hildigrim verursachte Explosion der heidnischen und lutherischen Häuser aber hört Martinus van Hajen sowieso nicht, denn sie hat nur in des Erzabts Kopf stattgefunden.

Als Erzabt Hildigrim gerade die Brücke hinaufsteigt, wo er endlich wenigstens das Abbild seiner geistlichen Braut zu finden hofft, fährt eben Mijnherr van Hajen mit seinem Nachen unten durch. Der eine Kopf lacht weiter, der andere Kopf – der Schelm! – imitiert einen Moment lang den Gesichtsausdruck Hildigrims.

Vor Schreck geht die Sonne unter. So endet Erzabt Hildigrims geistliche Brautfahrt.

IX

Herr Direktor Karodamsky hat sich, wie nicht anders zu erwarten, von dem sozusagen unfreiwilligen Kauf des halben Schlosses finanziell nie mehr erholt. Auch war seine ganze Persönlichkeit zerrüttet, als er, schlurfend, in die Stadt zurückkehrte. Erzabt Hildigrims Schwester, die in Würzburg verheiratet war – sie hieß Meertrud (nicht Gertrud, kein Druckfehler oder etwa Hörfehler seitens des taufenden Priesters, nein: *Meertrud*), hatte einen Herrn Schlindwein geheiratet, der Problemreservator am Institut für Bilokale Lösungsenergetik war, nahm den – es ist nicht anders zu sagen – in seinen seelischen Grundfesten erschütterten Direktor (eigentlich: Ex-Direktor) Karodamsky in ihr Haus auf. Das war für Karodamsky förmlich die letzte Rettung.

Frau Meertrud wies – in vollem Einverständnis mit ihrem Gatten – dem unglückseligen Karodamsky denjenigen Raum ihres Hauses an, den Herr Schlindweins Großvater, Max Arnold Schlindwein, in seiner leider überreich bemessenen Freizeit (Max Arnold Schlindwein war der letzte Schluftmesser in Unterfranken; damals begann man damit, den Schluft maschinell zu messen) mit Wandgemälden versehen hatte. Der Raum war dadurch so gut wie unbewohnbar geworden. In fünf Reihen oder Bändern oder wie man da sagen soll, übereinander, um den ganzen Raum herum zog sich das Wandgemälde und stellte eine Amazonenschlacht dar. Dichtgedrängt, in erschreckendsten Farben gehalten, wälzten, ringelten, drängten, quollen nackte, pralle Leiber über- und unter- und nebeneinander, schlitzten einander Bäuche auf, spalteten Schädel, hieben auf Ärsche, stachen in Brüste; Pferde trampelten, Schwerter blitzten, schamloseste Bewegungen enthüllten Amazonenanatomie bis ins Gynäkologische hinein. Man konnte guten Gewissens keinen noch so toleranten Besucher in dieses Zimmer führen. »Was nicht so alles«, sagte der Erzabt, der selbstverständlich anläßlich eines Besuches bei seiner Schwester nur einen kurzen Blick auf die Wandgemälde warf, »in einem Schluftmesser vorgeht!«

Eine Zeit lang verwendete man den Raum als Hasenstall.

Das achtbeinige Sofa galt schon seit Generationen als unheimlich. Jedesmal, wenn es knarzte, geschah ein Unglück in der Familie. Manchmal knarzte das Sofa allerdings auch, ohne daß nachfolgend ein Unglück geschah. Das war fast noch schlimmer. Man wartete dann nämlich nervös und nervöser werdend, auf das angekündigte Unglück. Hände wurden gerungen, Haare wurden gerauft: ein Glas mit Senfgurken fiel um, als die Familie an einem düsteren, regnerischen Kilianstag (8. Juli) am Mittagstisch saß. War dies das vom Sofa angekündigte Unglück? war es dies noch nicht? Am Tage Nabor und Felix (12. Juli) ging ein fürchterliches Gewitter nieder. Ein Blitz schlug in den Turm der unweit entfernten St. Sigisbert-Kirche ein, und gleichzeitig ereilte Heinrich Maria Schlindwein (des oben erwähnten Max Arnolds, des Schluftmessers Vater) ein Schluckauf, der über vierundzwanzig Stunden anhielt. War dies das vom Sofa angekündigte Unglück? Und wenn ja, was? der Blitzschlag oder der Schluckauf? Und so fort. Man konnte sich auf das Knarzen also nicht verlassen, so wenig, behauptete Leonhard Schlindwein (Max Arnolds Bruder), wie auf alle esoterischen Phänomene. Meertrud endlich wurde es zu dumm, und sie stellte das Sofa in den Hasenstall, und dort blieb es, auch als der letzte Hase in den Hungersnöten nach dem Krieg gegessen worden war.

Jetzt aber machte es sich Herr Ex-Direktor Karodamsky auf dem Sofa bequem, nicht ahnend, welch dunkle Mächte in dem antiken Gegenstand barocker Polstererkunst wohnten.

Nachzutragen ist, daß man aus Aberglauben nicht wagte, das Sofa zu verkaufen, zu verschenken oder sonstwie wegzugeben oder gar zu vernichten. »Wer weiß«, raunte Fürbert Wölkbier (Schwiegervater Leonhard Schlindweins), ein praktizierender Spiritist, »was so ein Sofa dann ausheckt. Man hat schon von Sofas gehört, die nächtens umgehen.« Die Fresken aber zu entfernen, war gänzlich unmöglich. Der tückische Schluftmesser hatte nämlich testamentarisch verfügt, daß, wenn jemals die Fresken entfernt, übermalt oder sonstwie zerstört würden, das ganze Haus sofort an die St. Sigisbert-Kirche falle. Der Pfarrer von St. Sigisbert schlich deswegen immer wieder ums Haus und spähte durch die Fenster in den düsteren Saal in der Hoffnung auf das Erbe.

Am Tage Günther, Dionys und Sibylle (9. Oktober) jenes Jahres aber, in dem im Mansfeldischen der Rinderschlopp umging, begann das unheimliche Sofa, während – Schopenhauers »Parerga und Paralipomena« lesend – Herr Ex-Direktor Karodamsky halb sitzend, halb liegend auf ihm ruhte, nicht zu knarzen, sondern, wie Karodamsky später mit von Entsetzen geweiteten Augen erzählte, zu zischen. Alsbald – Karodamsky hatte sich geistesgegenwärtig herabgerollt – entfuhren Rauchschwaden dem Sofa, es roch, so Karodamsky, seltsamerweise nach Kamillenthee, aus dem Rauch entwickelte (... um nicht zu sagen *entschwadete*) sich ein junger Hermaphrodit mit langen Haaren, der eine Weile stumm blieb, dann aber sagte: »Oh Karodamsky, sorgen Sie dafür, daß das, was in Yffelstätt vordem passiert ist, sich niemals wiederholt!«

»Was, oh Meister –« (Karodamsky fiel in der Eile keine bessere Anrede ein) » – ist in Yffelstätt vordem passiert?«

»Schwörst du mir's zu, oh Karodamsky?«

»Liebend gern. Nur: *was* ist passiert, in Yffelstätt vordem?«

Jedoch ohne ein weiteres Wort verschwand der Hermaphrodit. Yffelstätt aber fand man trotz sorgfältigen Suchens auf keiner Landkarte, und so war nie zu erfahren, was dort vordem passiert war.

X

Der Problemreservator Schlindwein erzählte am Tage Perpetua und Felicitas jenes Jahres, als im Main zum letzten Mal ein Türkwaller gesehen wurde, seiner Familie nachmittags beim Thee:

»Vorhin, beim Mittagsschlaf hatte ich einen Traum. Ich sah einen Mann im Frack. Im ersten Augenblick glaubte ich, es sei Johannes Heesters. Es war jedoch nicht Johannes Heesters. Er trug über seinem Frack einen schweren, schwarzen Umhang, und er befahl mir, seine merkwürdige Geschichte aufzuschreiben. Und er erzählte mir seine merkwürdige Geschichte. Leider weiß ich nichts mehr davon. ›Schneller!‹ schrie er immer, ›schreiben Sie doch schneller!‹ Dabei schrieb ich schon, so schnell ich konnte. ›Warum schreiben Sie auf einzelne Blätter!‹ rief er, ›schreiben Sie auf eine lange Rolle, dann sparen Sie das Umblättern!‹ Also schrieb ich, rasend wie ein Narr, auf eine Rolle, die sich bald durch das ganze Zimmer entfaltete und in Kringeln herumflatterte. Ich sage euch«, sagte Schlindwein, »es war ein entsetzlicher Traum. Wo ist der Kuchen?«

»Du hast vorhin schon vier Stück Kalbsbraten, acht mittelgroße Knödel, vorher eine Nudelsuppe, nachher vierzehn in Schmalz gebackene Apfelküchlein gegessen, den Salat, die Kartoffeln und die zwei Forellen nicht gezählt«, sagte Frau Meertrud Schlindwein, »wenn du so weitermachst, platzt du.«

»Dann wenigstens ein paar Kekse«, jammerte Schlindwein, »ich bin ja völlig erschöpft von dem Traum, man stelle sich nur die Anstrengung des Schnellschreibens vor! Und alles mit Federkiel. Seltsamerweise mußte ich ihn nicht in Tinte tauchen. Er schrieb wunderbarerweise ohne Tinte. Wahrscheinlich wäre sonst der Johannes Heesters vor Zorn geplatzt, weil es ihm zu langsam ging. Also der, den ich im ersten Moment für Johannes Heesters hielt. Er war es aber nicht.«

Schlindwein aß drei Händevoll Kekse und eine Packung getrockneter Feigen.

»Es kam noch besser. Vielmehr: noch entsetzlicher. ›Schreiben Sie schneller!‹ brüllte er. ›Ich kann nicht mehr schneller!‹ schrie ich, in Schweiß gebadet. Er diktierte seine wirklich höchst merkwürdige Geschichte, von der ich leider nicht die geringste Einzelheit mehr weiß, in so rasender Geschwindigkeit, wurde immer bösartiger, und zum Schluß tat es oder besser *er* vor Zorn einen Knall, und er war nackt, ein alter, klauenbewehrter Knochengreis mit einem grauenerregenden Glied, mit den Klauen seines linken Fußes spielte er auf einem Klavier ›Guten Abend, Gute Nacht –‹, aus seinem Maul schossen Fangzähne hervor, mit denen er sich anschickte, ein Knäblein zu verzehren, das er plötzlich in der Hand hatte. Meine Papierrolle verwandelte sich in eine dämonische Papierschlaufe, die alle möglichen Phantasmagorien bildete; der große, schöne Rosenstrauch, der hinter Johannes Heesters stand, also dem Mann, den ich anfangs für Johannes Heesters gehalten hatte – er war es aber nicht –, war auf einmal ein Bündel grauenerregender Schädel. Einer der Schädel hatte riesige Hasenohren, ein anderer sah aus wie Hitler. Johannes Heesters, also der Mann usw., ihr wißt schon, diktierte weiter, aber in schamanischer Sprache. Fragt mich nicht, woher ich das weiß, das es schamanisch war, ich wußte es eben, aber ich verstand sie nicht, konnte also nicht mehr mitschreiben, was er diktierte, außerdem war das Papier so glatt geworden, daß es nicht mehr zu beschreiben war. In meiner Verzweiflung kroch ich unter den Tisch –«

*

Frau Meertrud erzählte diesen Traum wenige Tage später ihrem Bruder, dem Erzabt Hildigrim, als der wieder einmal bei ihr auf Besuch war. »Das kommt«, sagte sie, »weil er so viel frißt. Ein Alptraum, der auf den überfüllten Magen zurückzuführen ist.«

Der Erzabt nickte, nachdenklich und geistesabwesend. Es fiel seiner Schwester nicht weiter

auf, denn so war er oft. Aber er dachte über seines Schwagers Traum nach. Was er nicht erzählte, war, daß er unlängst nahezu den selben Traum gehabt (nur daß er den Mann in seinem Traum nicht im ersten Augenblick für Johannes Heesters, vielmehr für Marcel Reich-Ranicki gehalten hatte), allerdings sozusagen konträr nicht nach Vollfressen, sondern nach einer Zeit härtesten Fastens.

Ob, so fragte sich der Erzabt, angesichts dieser Umstände nicht der Wert des Fastens neu zu überdenken ist?

XI

Die Strafe folgte, wie man so sagt, auf dem Fuße. »– und das hätte ich Ihnen gleich voraussagen können, daß es so kommen muß!« sagte Erzabt Hildigrim sanft, aber bestimmt. Abt Sturmhart vom Nachbarkloster, Hildigrims Studienkollege, Freund und sogar Milchcousin (d. h. Hildigrims Amme war eine Schwester der Amme Sturmharts, damals noch: Ulf-Gero Pöschl, gewesen) war zerknirscht zu Hildigrim gekommen, hatte ihm alles – im kirchenrechtlichen wie im übertragenen Sinn – gebeichtet.

»Deine übertriebene Liebe zur Musik, die sich leider auch, und ich muß sogar sagen: vorwiegend auf das Gebiet weltlicher, also außersacraler Musik bezieht, ist nicht viel anderes als übertriebene Eßlust, ist fast so schlimm wie Fleischeslust! An Festtagen Werke protestantischer oder gar atheistischer oder agnostischer Komponisten zu hören und womöglich selber zu spielen, ist so gut, als ob du am Karfreitag eine Gänsestopfleber äßest, oh Sturmhart!«

Sturmhart seufzte.

Aber die Strafe war ja, wie gesagt, auf dem Fuße gefolgt, und das Cello, immerhin eine Mittenwalder Arbeit von etwa 1850, war hin.

Daß Sturmhart seine Nichte, Frau Nunhübl, besuchte, war an sich nicht zu beanstanden. Daß Frau Nunhübl in früherer Zeit allerdings unter dem Künstlernamen Flora Rotterdam in London als Schönheitstänzerin aufgetreten war, hat Abt Sturmhart – angeblich, hm!, dachte Erzabt Hildigrim – nicht gewußt. Nun gut, mag sein, er hat es nicht gewußt, oder aus seinem Gedächtnis verdrängt, jedenfalls hat Flora Rotterdam, nunmehr wieder brav-bürgerliche Nunhübl, gebeichtet, Buße getan, sich vom Schönheitstanz völlig abgewendet.

Frau Nunhübls Großmutter mütterlicherseits, eine geborene Karodamsky, war auch Schönheitstänzerin gewesen. (»Irgendwoher muß es die Halb-Nutte ja haben«, dachte Erzabt Hildigrim, sagte es aber nicht laut.) Sie hatte nach dem Tod ihres ersten Mannes, eines braven Wagnermeisters namens Antengrün, den Prinzen Hermes Diamantopoulos (» – von fragwürdigem Adel«, dachte Erzabt Hildigrim, »aber stinkreich«) geheiratet. Der Prinz hatte die schönheitstanzende Wagnermeisterswitwe Antengrün, die natürlich auch unter einem Pseudonym auftrat, in – wo wohl? – Paris kennengelernt. Durch verfehlte Spekulationen verlor Prinz Diamantopoulos in den dreißiger Jahren jenes

Jahrhunderts so ziemlich sein ganzes Vermögen und, da ihm nicht einmal Geld für eine Pistolenkugel geblieben war, zwängte er seine sehr großen Füße durch die Stäbe des Stiegengeländers im Bayrischen Hof in München, schleuderte sich nach außen und hing mit dem Kopf nach unten solang, bis ihm soviel Blut ins Hirn geströmt war, daß ihn der Schlag traf.

Übrig blieb eine (»– angeblich!« brummte Erzabt Hildigrim) aus altem Diamantopoulosschen Familienbesitz stammende Ritterrüstung und ein großes Gemälde eines portugiesischen Kleinmeisters. Frau Witwe Antengrün geborene Karodamsky, nunmehr Prinzessin Diamantopoulos, hatte sich in einem Alter, in dem man das eigentlich nicht mehr tun sollte, nackt malen lassen, hatte allerdings wenigstens die Delicatesse besessen, ihre bereits enormen Hängebrüste durch einen Fächer usw. zu verdecken. (»– wahrscheinlich«, dachte Erzabt Hildigrim, »hat der portugiesische Kleinmeister darauf bestanden. Wenn es nach der Alten gegangen wäre ... na! na! na!«) Nur ihren Lieblingsschmuck hatte sie am Leibe: Ohrringe und eine Kette aus hühnereiergroßen Diamanten, Geschenk des Prinzen.

Nach dem Tod der Prinzessin stellte ihre Erbin, eben jene ehemalige Schönheitstänzerin Nunhübl resp. Flora Rotterdam mit Bedauern, ja mit Entsetzen fest, daß die Diamanten wirklich (wenngleich geschickt bemalte) Hühnereier waren. So war nicht einmal Geld für die Beerdigung vorhanden, weswegen die ohnedies zu

Lebzeiten schon leicht mumifizierte Leiche in die Ritterrüstung gesteckt wurde.

»– und in dieser Umgebung spielst du Cello?!« fauchte Erzabt Hildigrim.

Abt Sturmhart nickte schuldbewußt. »Noch dazu die G-Dur-Suite von Bach.«

Wie nicht anders zu erwarten, erschien eine obszöne Wolke, aus der sich ein Weib in einem unbenennbar engen, schulter- wie ärmellosen Kleid bildete – niemand anderer als die junge Diamantopoulos, mit Tangolocke und geschminktem Mund, gräulich die Castagnetten zur Bachsuite klappernd, um den musizierenden Sturmhart ...

Aber da erschien St. Sturmhart, der ritterliche Heilige, der Namenspatron des Abtes, und zerhieb mit scharfen Schlägen seines heiligen Schwertes das Cello, und Sturmhart entfloh, um so schnell nicht wieder in das Haus seiner Nichte zurückzukehren.

XII

Es soll, heißt es, ein Chinese gewesen sein. Erzabt Hildigrim hat ihm das Handwerk gelegt, und zwar so, daß er nicht mehr so schnell auch nur irgendein Handwerk ausüben kann. Erzabt Hildigrim steht nicht an, den Chinesen, von dem man nie einen Namen erfuhr, den »Kinderverderber« zu nennen. Stieg er doch in der Adventszeit, als es am Nachmittag schon dunkel, eigentlich schon Nacht war, auf einen Baum (die großen, fledermausartigen Flügel, die er sich umgebunden hatte, sollten wohl vorgaukeln, daß er auf den Baum hinauf geflogen sei; im Übrigen glänzte seine chinesische Glatze wie der Vollmond) und spielte mittels einer mechanischen Frau den Kindern Unfug vor. »Lauter Unfug!« ächzte der Erzabt, »also unfügliche Dinge; Dinge, die *füglich* zu unterlassen sind.«

Die mechanische Frau hatte statt eines Kopfes eine kleine Puppenbühne, und auch in ihren Kleidern öffneten sich – »Nahe dran, das Unzüchtige zu streifen!« so Erzabt Hildigrim – Spielstätten, wenn man so sagen kann, und in erstaunlicher Fingerfertigkeit bediente der Chinese vom Baum aus sowohl die mechanische Frau als auch zahllose kleine weiße Figürchen, die allerlei Tänze und Reigen und Pantomimen aufführten. »Aber was heißt: erstaunliche Fertigkeit!« raunzte der Erzabt, »besser und richtiger zu sagen ist: *teuflische* Fertigkeit, denn niemand anderer kann dem Chinesen dies gelehrt haben. Wenn die Fertigkeit von *oben* käme, müßte ja wohl ich sie eher als ein sozusagen dahergelaufener und noch dazu glatzköpfiger Chinese, also Heide, beherrschen.«

Im Theaterchen aber, das die mechanische Frau statt des Kopfes auf dem Halse trug, spielte der Chinese mit seinen beinweißen Figürchen die Tragödie »Clavigo«.

»Das schlägt dem Faß den Boden aus!« fauchte der Erzabt. »Ausgerechnet ›Clavigo‹. Ausgerechnet dieses Machwerk – ich habe es selbstredend niemals gesehen, auch nicht gelesen, werde mich hüten – dieses Machwerk, das allen althergebrachten Sitten Hohn spricht; das alle Werte, die ich durch Fasten, Bußübungen, Askese, durch Hesychasmus hochzuhalten, um nicht zu sagen, mühsam hochzuhalten bemüht bin; das die Sünde förmlich verherrlicht; das ein Abgrund moralischen Schlammes ist – mit diesem Machwerk verdirbt er Kinder.«

Den Kindern gefiel, freilich, das Spiel. »Klar«, sagte Erzabt Hildigrim, »die Sünde gefällt immer.«

Zum Glück konnte der Erzabt – es war der Tag Wunibald und Theognosta – das schändliche Treiben aus der Ferne beobachten. Nachdem er in kaum bezähmter Langmut die Sache aufmerksam, wenngleich mit Abscheu betrachtet hatte, sammelte er seinen Geist, erbat Unterstützung seitens der beiden Tagesheiligen, seitens seiner Namenspatrone (d. h. sowohl des Patrons seines Taufnamens als auch den seines Klosternamens) sowie dreier ausgewählter heiliger Päpste des zweiten und dritten Jahrhunderts, nämlich des hl. Papstes Hyginus', des hl. Papstes Urbans I. und des hl. Papstes Sixtus' II. Allerdings gelangte die Anrufung Papst Sixtus' II. irrtümlich an Papst Sixtus I., da aber der auch heilig ist, gab es zwar im Jenseits eine gewisse Irritation (» – wie können Sie etwas erhören, was an *mich* gerichtet ist«, schnauzte Sixtus II. »Haben Sie sich nicht so!« erwiderte Sixtus I.), im Diesseits aber war der Unterschied kaum zu merken.

Erzabt Hildigrim stimmte mit starker Stimme den alpenländischen Hymnus »Oh Perlen der Tugend!« an, der bekanntlich in einem sog. Sakral-Jodler endet, und allsogleich fielen nacheinander alle angerufenen Heiligen ein, so erscholl ein mächtiger Chor durch die Nacht, und das in nichts Geringerem als der Tonart E-Dur, die, wie seit altersher bekannt, enorm dämonenbannende Wirkung hat.

Den Chinesen erfaßte das Grauen. Die Kinder liefen wie von Furien gehetzt davon. Der Chinese packte seine mechanische Frau und seine Figürchen zusammen und suchte das Weite. Al-

lerdings nicht das sehr Weite, wie sich bald herausstellen sollte. Es blieb nämlich eines der Figürchen liegen, nicht verwunderlich bei der Eile und dem Grauen, mit der und dem der Chinese seinen Plunder gerafft hatte, und dieses Figürchen untersuchte (nachdem er die Heiligen für diesmal dankend entlassen) der Erzabt und stellte mit Entsetzen fest, daß es aus kleinen menschlichen Knochen zusammengesetzt war. (»Dieses eine noch dazu!«, der Erzabt wendete sich innerlich mit Abscheu, »in Form eines nackten Weibes.«) Die Inspiration sagte dem Erzabt, wo der Chinese die Knochen gefunden hatte.

*

Am Tage Lazarus und Jolanda war Vollmond. Der Friedhof war taghell erleuchtet. Der Erzabt trat an die Mauer. Was sah er? Der Chinese grub Leichen aus, hatte Särge geöffnet, Skelette ausgeschlachtet, die Särge achtlos aufeinander gehäuft – nicht genug damit: seitlich lag seine Brotzeit, sogar eine Flasche Wein (ohne Etikett, also ohne Konzession gekeltert, was der Erzabt, der ja auch für die Klosterkellerei verantwortlich war, sogleich feststellte).

Erzabt Hildigrim faßte seinen Stab (nicht den feierlichen Erzabtstab, nur seinen schlichten Wanderstab) fester und murmelte einen geeigneten Kernfluch (Handbuch des Exorzismus, Band IV, S. 216), und schon stürzten Särge, Kisten, Steine übereinander und begruben den Frevler unter sich.

Die Brotzeit blieb ungegessen.

XIII

Der umgekehrte Pygmalion

Vor ungefähr hundert Jahren mußte der damalige Sultan von Massaua, Prinz Hachem Helios IV. (ursprünglich griechischer Abstammung), ins Exil entweichen. Er lebte von da an in Nizza. Das Exil wurde ihm dadurch etwas versüßt, daß es ihm gelungen war, bei seiner Entweichung den Staatsschatz mitzunehmen. Für einen Staat war der Schatz nicht beträchtlich, für einen (nun) Privatmann schon.

Der Enkel des Sultans, Prinz Hachem Helios VI., hätte 1945 die Möglichkeit gehabt, in sein Sultanat zurückzukehren, aber nach einem kurzen Besuch dort verglich er seinen Wohnsitz (und Geburtsort und Ort seiner Jugend) Nizza mit der Stadt Massaua, und der Vergleich fiel stark zugunsten Nizzas aus. Also empfahl Prinz Hachem den Massauanern die Errichtung einer Republik. Es sei nicht verhehlt, daß bei der Entscheidung des Prinzen der Umstand mitgespielt haben mag, daß die Massauaner erwartet hatten, der Sultan werde den (durch günstige Spekulationen usw. des Hachem Helios' IV. und auch des V. nicht unbeträchtlich vergrößerten) Staatsschatz wieder mitbringen.

Prinz Hachem Helios VI. kehrte also nach Nizza zurück und lebte weiter seiner Liebe für die Kunst.

Bei einem Besuch in München aus Anlaß der dortigen Opernfestspiele lernte der Prinz im weltberühmten Café-Restaurant »Kulisse« in der Maximilianstraße den Bildhauer Guthaus kennen, Hans-Heinrich Guthaus. Auch die Chefs der »Kulisse« neigen in schöner Weise der Kunst zu, und so wird das Lokal mehr oder minder regelmäßig mit Kunstwerken geschmückt. Davon hatte der Bildhauer Guthaus gehört und suchte, obwohl er sonst nicht zu den häufigen Gästen zählte, das Lokal auf, um vorzuschlagen, daß auch die Werke von seiner Hand zum Schmuck des Lokals herangezogen werden mögen. Man wäre dem Vorschlag nicht abgeneigt gewesen, aber es stellte sich bei näherer Raumkalkulation heraus, daß, wenn man Guthaus' Plastiken, die alle von nicht unbeträchtlicher Größe waren, im Lokal aufgestellt hätte, für Gäste kein Platz mehr gewesen wäre.

Prinz Hachem Helios VI., Sultan von Massaua, erblickte – er hatte ein geübtes Auge – den vor einer Tasse Milchkaffee sitzenden, betrübt in diesen starrenden Guthaus und redete ihn an. Guthaus hatte die kleine Mappe mit Abbildungen seiner Arbeiten vor sich liegen, und der Prinz blätterte darin. Was der Prinz nicht wußte, war, daß keins der abgebildeten Kunstwerke, alles Marmorfiguren, in Wirklichkeit existierte. Alle waren, höchst geschickt gefertigt, aus knetbarer Gipsmasse (eine Erfindung Guthaus'), und zwar aus jeweils derselben Gipsmasse geformt. Guthaus hatte nicht das Geld, sich größere Mengen des nicht ganz billig herzustellenden Materials anzuschaffen.

Es schlug Guthaus' Stunde. Der Prinz zahlte dessen Milchkaffee, bestellte beim Kellner Champagner und bei Guthaus eine lebensgroße Venus aus Marmor. Eine Anzahlung für die Arbeit und die Kosten für den Marmorblock floß noch am Kaffeetisch aus Prinz Hachem Helios' Louis Vuitton-Brieftasche in Guthaus' Hand.

*

Ein Jahr ging ins Land. Guthaus und seine Freundin Evi lebten dank der Anzahlung und des Kostenvorschusses für den Marmorblock auf. Ehe sich's Guthaus versah, war beides verbraucht, der Marmorblock ruhte noch, wenn man so sagen kann, in den Tiefen des Berges von Laas. Zu den neuen Festspielen kam der Prinz wieder. Man traf sich auch wieder in der »Kulisse«. Was Guthaus befürchtete und was nicht schwer zu erraten war, trat ein: der Prinz erkundigte sich nach dem Stand der Dinge, das heißt, nach der Venus.

Auf dem Weg hatte sich Guthaus vorgenommen, eine Beichte abzulegen, mannhaft sein Versagen einzugestehen und dem Prinzen anzubieten, die Anzahlung und den Kostenvorschuß zurückzustottern, was in Anbetracht der Einkommensverhältnisse Guthaus' 99 Jahre gedauert hätte. Je näher Guthaus der »Kulisse« kam, desto mehr schrumpfte seine Mannhaftigkeit, und sie versiegte, als er durch die Scheibe des Lokals den freundlich, ja freudig blickenden Prinzen sah. »So gut wie fertig«, log Guthaus. Der Prinz bestellte wieder Champagner.

Die Tatsache, daß von der Venus auch nicht ein Korn vorhanden war, das gezeigt hätte werden können, verhalf Guthaus zu neuer, zwangsläufiger Mannhaftigkeit: mannhaft, auf seine Künstler-Sensibilität pochend (» – das Werk ist zwar fast fertig, aber noch höchst verletzlich, Sie verstehen, Hoheit –«) weigerte er sich, die Arbeit den Prinzen sehen zu lassen.

»Gut, gut, ich verstehe«, sagte der Prinz, »wann ist sie fertig? Ich fahre noch nach Salzburg zu ein paar Veranstaltungen, dann nach Bayreuth; am 13. August bin ich wieder in Nizza, verreise allerdings am 20. August für ein halbes Jahr auf meine Farm in Manitoba. Glauben Sie, daß die Venus bis dahin fertig wird?«

– kein Drandenken, dachte Guthaus und sagte: »Mit Sicherheit.« Er werde sie am 18. August nach Nizza bringen.

*

Not macht erfinderisch. Tatsächlich war Guthaus am 18. August in Nizza. (Ein neuer, allerdings kleinerer Transportkostenvorschuß war geflossen.) Der Prinz wies Guthaus den Platz, wo die Venus in der weitläufigen, sonnendurchfluteten Villa aufgestellt werden sollte, wurde sodann von Guthaus gebeten, sich bis zur Enthüllung zurückzuziehen.

»Selbstverständlich«, sagte der Prinz, »aber können Sie die Statue alleine schleppen? Sollen Ihnen nicht meine Leute helfen?«

»Nein, nein, danke«, sagte Guthaus schnell, »ich habe meine eigenen Leute dabei, Sie verstehen, Hoheit –«

»Vollkommen«, sagte der Prinz und verschwand im Garten.

Guthaus hatte nur seine Freundin dabei, Evi. Die bemalte er weiß und stellte sie auf den für die Venus vorgesehenen Platz.

Der Prinz war begeistert. »Es ist mir«, sagte er, »als ob ich sie atmen sähe.« Er ließ Champagner kommen. Guthaus bat, ihn im Garten trinken zu dürfen. Der Prinz trennte sich ungern vom Kunstwerk, gab dann der Laune des Bildhauers nach.

Inzwischen erholte sich Evi. Guthaus erklärte dann, daß er noch einige winzige Korrekturen, kleine Abschleifungen vornehmen müsse, ging hinein und sagte zu Evi: »Es hilft nichts. Bleib bis zum Abend stehen. Frieren wirst du nicht. Deine Kleider nehme ich mit. Wenn der Prinz schlafen gegangen ist, schleichst du dich hinaus, und vergiß nicht, die große Scheibe einzuschlagen. Der Prinz muß an einen Einbruch glauben, bei dem die Venus gestohlen worden ist.«

*

Aber Guthaus hatte nicht mit dem Enthusiasmus des Prinzen für das Schöne gerechnet. Er saß vor der Venus, verschlang sie, wie man so sagt, mit den Augen, sie schien ihm, nun in der Dämmerung und dann im Mondlicht noch lebendiger und vollkommener – und dann konnte Evi nicht mehr, stieg oder vielmehr sank vom Sockel, der Prinz fing sie auf –

– und weniger als einen Monat später heiratete sie der Prinz in Manitoba.

*

Guthaus tobte. Er prozessierte um den Rest des Honorars; verlor. (Die juristische Situation, die mehr als kompliziert war, darzustellen, erforderte eine eigene fachliche Arbeit.) Er geriet in Zorn und Wahn. Er formte sich eine neue Evi aus Kunsthonig. (Echter Honig wäre zu teuer und selbst der festere Löwenzahnhonig zu wenig geeignet gewesen.) Und eines Tages klaffte die Evi aus Kunsthonig der Länge nach in der Mitte auseinander und gebar einen Sohn, der sogleich in die Höhe schwebte, wo eben der Sonnenwagen herankam, aber Helios war nicht der Prinz, sondern Guthaus: Helios Guthaus, der umgekehrte Pygmalion.

XIV

Dies aber ist die Geschichte des Leib-Jodlers König Ludwigs II. Er hieß Polykarp Pieger und war der Sohn einer Milchfrau. Des Königs Großvater, Ludwig I., eine der schillerndsten Figuren der deutschen Geschichte seines Jahrhunderts, der Romantiker auf dem Thron, der gleichermaßen fürs Teutschthum wie für alles Klassisch-Griechische schwärmte, hatte, nach dem Thode des letzten kgl. bayrischen Hofnarren, eines gewissen Joseph Leonard Poiß, die vacant gewordene Stelle (im Sinn inzwischen eingetretener Aufklärung sowie Fortschritts) nicht mehr mit einem Narren besetzt, sondern selbe in eine Hof-Jodler-Stelle umgewandelt. Die Stelle, die praktisch eine Sinekure blieb, wurde meist an illegitime Söhne von nachgeborenen Prinzen aus entfernteren Nebenlinien des Königshauses vergeben, solche Bastarde, die weder die militärische noch die geistliche Laufbahn erstrebten.

Mit welchem Prinzen sich die oben genannte Milchfrau vergaß, wurde, wie üblich, vertuscht, die Frucht des Fehltritts, eben der schon erwähnte Polykarp Pieger, ein flotter Bursche mit dem schwarzen Lockenschädel, der so charakteristisch für jene Bayern ist, die nicht germanischer, sondern keltischer Abstammung sind (schwarze Locken und blitzblaue Augen), wurde um 1870 herum Hof-Jodler, 1875 Leib-Jodler und 1879 Leib-Ober-Jodler, ohne auch nur einen Juchzer in königlicher Gegenwart von sich gegeben zu haben.

Erst als Richard Wagner gestorben war, wagte es der König, den Leib-Jodler (auf dessen Existenz ihn der Cabinetts-Secretair v. Pfistermeister aufmerksam gemacht hatte) nach Linderhof zu holen, um sich etwas vorjodeln zu lassen. Pfistermeister hatte den König deswegen auf den Leib-Jodler hingewiesen, weil seitens des Ministeriums der Wunsch geäußert worden war, die Hof-Jodel-Stelle einzusparen, was den König selbstverständlich veranlaßte, das Gegenteil zu tun, nämlich die Stelle um zwei Rangstufen anzuheben. Damit war der Leib-Ober-Jodler nunmehr gleichrangig mit einem Generalmajor, einem Moorvogt Erster Klasse, einem Weihbischof, einem Obersthofberichtvater oder einem Hof-Galoschenbewahrer.

Es war nicht lang vor des Königs Tod, daß er, wiederum während er (diesmal auf Neuschwanstein) den Jodlern Polykarp Piegers lauschte, von jener Lehre des dänischen Philosophen Rumohr las, daß die Seele eines Sterbenden mit derjenigen akustischen Empfindung ins Jenseits entgleite, die sie im letzten Augenblick des Lebens gehabt. Und mit eben jener Empfindung schwebe sie, die Seele, fortan durch die Ewigkeit. Man solle also darauf achten, so Rumohr, daß man im Augenblicke des Todes eine möglichst angenehme Empfindung erlange, etwa schöne, sanfte Musik höre.

Fast niemandem fiel auf, daß in jenen dramatischen Junitagen des Jahres 1886 der König sich zuvor seltsam ruhig und zum Erstaunen aller fast apathisch verhielt, daß er alles, seine Deportation nach Schloß Berg, die Untersuchungen durch Dr. von Gudden, ohne Schwierigkeiten zu machen, über sich ergehen ließ, daß er auf die vom Prinzregenten Luitpold unterschriebene Absetzungsurkunde nur einen müden (andere meinten: einen verächtlichen) Blick warf, daß er als einziges aber hartnäckig darauf bestand, den Ober-Hof-Jodler Pieger herbeizuholen. Um den König nicht zu reizen, riet Gudden, solle man den Jodler rufen lassen.

Die Vorgänge um den Tod des Königs gelten, wie man weiß, immer noch als ungeklärt. Legenden umranken ihn, und die Versuche historisch ernsthafter Aufklärung sind weitgehend gescheitert, weil bisher unbeachtet geblieben ist, daß Polykarp Pieger am Ufer stand, als der König sich ins Wasser begab. Und Polykarp jodelte. Er jodelte den eigens für diesen Anlaß auf geheime Bitten des Königs erdachten, ja erlittenen KÖNIGS-JODLER, einen Jodler von erschütternder Schönheit. Nie vorher, nie nachher hat Polykarp den Jodler gesungen, nur an jenem Tag im Juni 1886 erscholl er über dem See, von niemandem außer dem König gehört, denn Gudden wurde vom König – eben damit der verhaßte Arzt den Jodler nicht höre – unter Wasser gedrückt. Langsam schritt der König, den Blick hinüber nach Possenhofen gerichtet, weiter in den See hinein, winkte nochmals zu Polykarp zurück, der, nahezu schon mit von Thränen erstickter Stimme, die letzten Töne zum Himmel sandte –

*

Die Hof-Jodler-Stelle wurde vom Prinzregenten unverzüglich ersatzlos abgeschafft. Um Polykarp Pieger, der ja immerhin ein, wenngleich illegitimer, Vetter des Prinzregenten war, anständig und gleichrangig mit seiner bisherigen Stelle zu versorgen (und NB! möglichst in eine Versenkung verschwinden zu lassen), sollte er Weihbischof in Passau werden, aber –

– man fand ihn nicht mehr.

Der König war, in seine Herrlichkeit gekleidet, von den Klängen des Königs-Jodlers getragen, in einer Muschel von sechs Schwänen gezogen, nach oben entwichen. Er hatte sofort den Hof-Jodler Polykarp Pieger in eine Marmorstatue verwandeln lassen: in klassischer Nacktheit, als Attribut seiner Hofstellung nur in »Loferln« genannte Wadenstrümpfe gekleidet, die geliebte Pfeife im Mund (Geschenk des Königs), in der Hand ein Sträußchen Edelweiß.

So stand (oder besser lag) der verewigte Ober-

Hof- und Leib-Jodler Polykarp Pieger am Brunnen des Schlosses Linderhof, bis der in christkatholischen Dingen so zimperliche Prinzregent Luitpold ihn als heidnisch-anstößig um 1890 entfernen ließ. Wohin das Standbild gekommen, weiß niemand.

FAMILIE

XV

Die Familie Schlindwein war immer schon mit grünem Geiz behaftet. Daß sie etwa einen Gärtner für die Pflege des Familiengrabes bestellt hätte – kein Gedanke daran. Und nicht nur das: sogar den Grabstein erwarb sie aus zweiter Hand. Man machte sich nicht einmal die Mühe, den Namen der – kann man so sagen? – ehemaligen Grabsteinbesitzer ausmeißeln zu lassen. SCARMAR. So hießen sie, deren irdische Reste vordem von jenem Stein beschwert gewesen waren. »Scarmar«, eine ehrsame Schneidersfamilie aus Burgkunstatt. Gotthilf Andreas Scarmar erfand des Reserveknopfloch, das bei seinen Hemden seitwärts unten am Rand angebracht wurde.

Die Schlindwein-Geizkrägen überschmierten nur notdürftig den Namen des inzwischen erloschenen, aber sich vielleicht über dieser Mißhandlung ihres Namens noch im Grab umdrehenden Schneiders-Geschlechts mit Teer

und begruben also unter diesem Stein ihre Toten.

Ihre Toten? *Nur* ihre Toten? Da kannte man den Geiz der Schlindweins schlecht, wollte man das annehmen. Sie vermieteten das Grab an Wildfremde. Das wird am Jüngsten Tag ein sauberes Durcheinander geben, wenn der eine oder der andere männliche Schlindwein als Fledermaus aufersteht, und neben der alten, langnasigen Schlindwein-Vettel Castora geb. Epperx und jener Regena Schlindwein-Stadler, die sich versehentlich bei eigensinnigem Hantieren mit einem Infanterie-Bajonett aus der Sammlung ihres Onkels Daniel Stadler SJ, Hofbeichtvaters Kurfürst Max' III. Joseph vom Leben zum Tod brachte, einige zarte, den Schlindweins fremde, Seufzer hauchende schöne Jungfrau-Seelen dem Grab entweichen. Die eine davon frisch onduliert ...

*

Die dicke alte Tante Gudrun, Witwe des Kaspar Schlindwein, Ordinarius für Gottesgnade an der Universität Würzburg, hatte im Familiengrab (da ja randvoll mit Fremden) nicht mehr Platz. Sie wurde im Felsengrab des Familienhundes »Sinnsucherl« verscharrt. Das wird eine Auferstehung geben!

BILD

XVI

In Marktoberdorf lebte ein Hausmeisterehepaar namens Hühnerle. Durch unglückselige Verkettung von Umständen (Namensverwechslungen, unerklärliches Verschwinden zweier »Litterae Remissionales«, Kompetenzverwirrung in der S. C. Rit. usw.) wurde es versehentlich heiliggesprochen. Da eine Heiligsprechung aber unwiderruflich ist, mußte das Konsistorium in den sauren Apfel beißen, und es übersandte die Gloriolen durch einen Pro-Genius der Ritenkongregation den Hühnerles nach Marktoberdorf.

Der Pro-Genius traf den Hausmeister bei seiner Brotzeit (eine sog. Krakauer und $^1/_2$ l Bier), die Bild-Zeitung lesend an. Hausmeister Hühnerle nahm die Sache unbewegt entgegen, während Frau Hühnerle sich in der Tür der Hausmeisterwohnung in ihrer neuen Gloriole unverzüglich dem Volk zeigte.

*

Besonders peinlich an der Sache war, daß das Hausmeister-Ehepaar in Neumondnächten neugeborene Kinder zu kochen pflegte, was die Ritenkongregation allerdings erst Jahre später erfuhr.

XVII

Im Herbst 1990 stellte die Bischofs-Synode in Rom fest, daß auch Tiere »vom Heiligen Geist beseelte Wesen« seien, wenngleich nicht erlösungsfähig und auch nicht erlösungsbedürftig. Das veranlaßte wenige Tage später die »Bild«-Zeitung zu der Meldung: »Kardinal Ratzinger sagt: Auch der Hund kommt in den Himmel.«

Nun hob aber sofort die Diskussion darüber an, wie weit dieser von der Bischofs-Synode gebrauchte Begriff »Tier« zu verstehen ist. Daß so edle Kreaturen wie Katzen, Schildkröten oder Nashörner als im Sinn der Synode beseelt zu betrachten sind, ist klar. Aber: Schnecken? Spulwürmer? Pantoffeltierchen?

Hinter den verschlossenen Türen der Ritenkongregation tobten bis zu Tätlichkeiten reichende Auseinandersetzungen. Als Msgr. Urogalli mit einem, von niemand Geringerem als Andrea Bregno entworfenen dreiarmigen Kerzenleuchter dem Bischof Violculo eine Platzwunde beifügte und das dem Papst zu Ohren kam, verfügte der: Schluß mit der Debatte. Die untere Grenze sind Tausendfüßler.

So wurde – wer sonst? – die Kreuzspinne zur Ehre der Altäre erhoben, der Regenwurm zum Patron der barocken Altar-Säule ernannt.

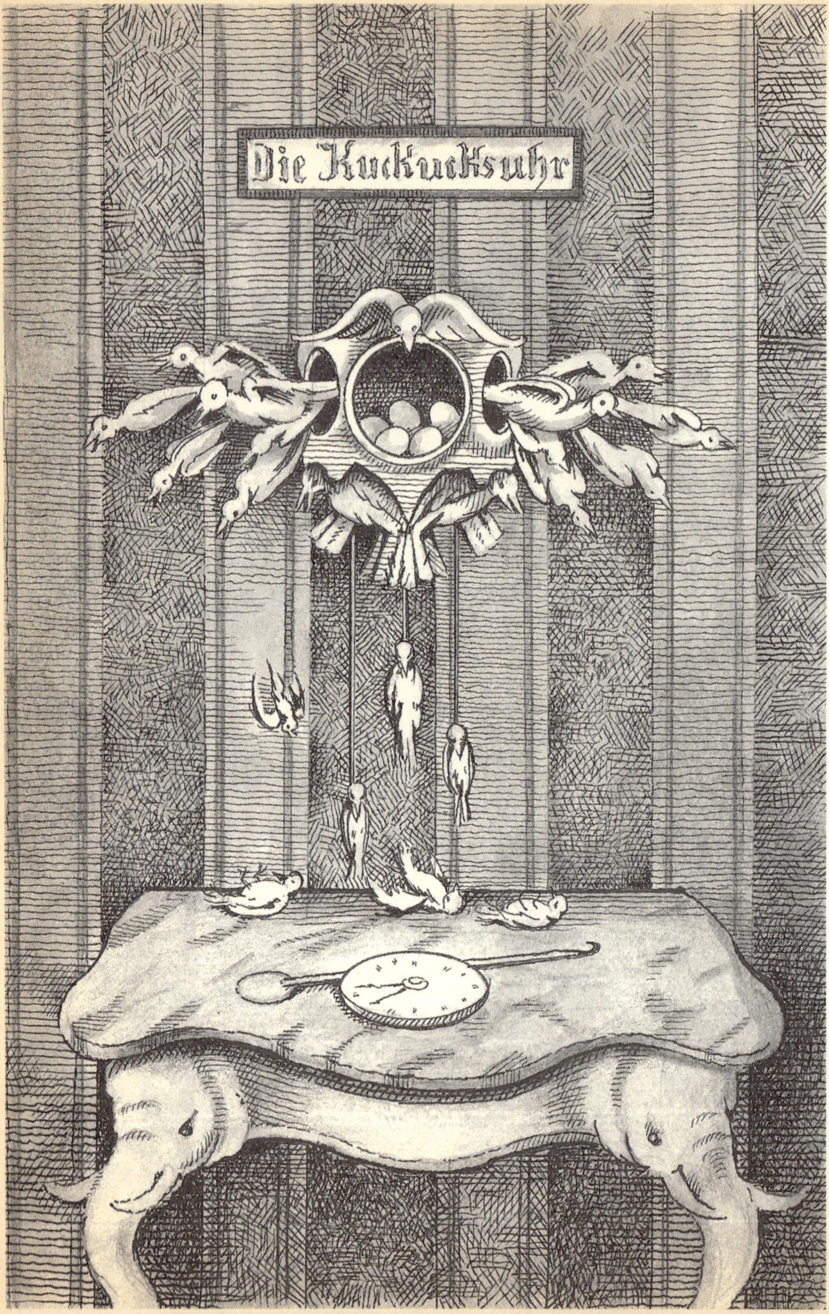
Die Kuckucksuhr

XVIII

Da schrieb einer ein Buch. Ein anderer fertigte dazu Illustrationen der Luxusklasse IA. Da fiel dies alles einem Dritten in die Hände, der warf den ursprünglichen Text aus dem Nest und überzog die Illustrationen mit seinen eigenen Erfindungen.

Da lachten sogar die Elefanten, die das Vertiko trugen, auf dem der Perpendikel und das Zifferblatt jener symbolträchtigen Kuckucksuhr lagen ... die Zeiger zeigten fünf Minuten vor zwölf, aber der – eben dieser bewußte Textschreiber – deutete selbst dies um: in Punkt elf. Die Zeit für seinen vormittäglichen Espresso.

XIX

– und so ist denn der Thron leer, die fünf Kronen trauern: die Krone der Drangsal, die der Trübsal, die der Mühsal, die der Wirrsal und die der Irrsal. Das Schloß ist verwaist, und vor dem Thron steht das Denkmal der abgrundtiefen Trauer. Die beiden königlichen Genien unter Einer gemeinsamen Krone fragen einander im Wechsel:

»Bist du der Genius, der alles weiß?«

»Ja, denn ich weiß alles, was man wissen kann.«

»Dann weißt du, daß du der Genius bist, der alles weiß?«

»Das kann man nicht wissen, also weiß ich es nicht.«

»Dann bist du nicht der Genius, der alles weiß!«

»Das weiß ich.«

Und so fort.

Die Trauer aber überschüttet die Welt, begräbt Himmel und Sonne, verfinstert das Licht, löscht auch die entferntesten Galaxien aus. Die Ewigkeit löst sich in eine ewigere Ewigkeit auf, der Gott Gottes erscheint dort, wo weder Zeit noch Raum sind, mehrere übereinandergeschichtete Ewigkeiten durchdringen die Trauer, Gottes Gott versucht sich vorzustellen, was ist, wenn nichts mehr ist und löst sich dadurch versehentlich auf. Es bleibt das haarfeine Netz der Naturgesetze, das die Nichtexistenz durchzieht, aber keine Natur macht mehr Gebrauch davon.

FINIS OPERIS

Herbert Rosendorfer
Absterbende Gemütlichkeit

Zwölf Geschichten aus der Mitte der Welt

KiWi 556

Herbert Rosendorfers »zwölf Geschichten aus der Mitte der Welt« sind mit hintersinnigem Humor und grimmiger Hellsichtigkeit geschriebene Burlesken aus der Welt des Kleinbürgertums, das in seiner dämonischen Normalität wirklich alles zu überleben in der Lage ist.
»Er läßt niemals einen Zweifel daran, daß sein Glaube an die Magie des Erzählens ungebrochen ist und sein Interesse am Aberwitz der einzelnen Existenz immer wach.«

Walter Klier, taz

KiWi Paperbacks bei Kiepenheuer & Witsch

Herbert Rosendorfer
Ein Liebhaber ungerader Zahlen

Roman
Gebunden

Der weltberühmte Autor eines Kultbuchs verschwindet plötzlich aus der Öffentlichkeit und verstummt. Doch alle Welt wartet weiter auf das gigantische neue Werk, das er einst verheißen hat. Währenddessen zieht sich der Meister unerkannt in die Ewige Stadt zurück und widmet sich seiner zweiten Leidenschaft: dem Sammeln von Uhren. Mit unerschöpflichem hintersinnigem Witz lockt Rosendorfer uns in seine Parodie auf den Mythos der Entstehung von Literatur und den Literaturbetrieb.

VERLAG
KIEPENHEUER
&WITSCH